Analyse d'œuvre

Rédigée par Niels Thorez

Rhinocéros

d'Eugène Ionesco

EUGÈNE IONESCO   5

RHINOCÉROS   7

LA VIE D'EUGÈNE IONESCO   9
Les débuts, entre la Roumanie et la France
Des premiers échecs à la reconnaissance

RÉSUMÉ DE *RHINOCÉROS*   13
Rumeurs et racontars
D'un effet bœuf à un effet papillon…
Le dernier homme

L'ŒUVRE EN CONTEXTE   16
Rhinocéros, « une pièce antinazie »
Le terrorisme idéologique dans les années cinquante
Pour un théâtre anti-idéologique et antiphilosophique

ANALYSE DES PERSONNAGES   20
Bérenger
Jean et Daisy
Une galerie de pseudo-intellectuels

ANALYSE DES THÉMATIQUES   24
Rhinocéros, drame de la monstruosité
Rhinocéros, drame du langage

STYLE ET ÉCRITURE   33
Les ressorts du langage ionescien
Une pièce qui tourne en rond

LA RÉCEPTION DE *RHINOCÉROS* 39

Ionesco face à la critique : une histoire mouvementée
Le succès de *Rhinocéros*

BIBLIOGRAPHIE 45

EUGÈNE IONESCO

- Né en 1909 à Slatina (Roumanie).
- Mort en 1994 à Paris.
- **Quelques-unes de ses œuvres :**
  - *La Cantatrice chauve* (1950)
  - *Les Chaises* (1952)
  - *Rhinocéros* (1959)

Dès 1929, au mépris d'un père qui aurait voulu faire de lui un ingénieur, Eugène Ionesco, alors âgé de 20 ans, s'engage dans une carrière littéraire. Aussi, le 11 mai 1950, lorsque la désormais célèbre pendule anglaise de M. et Mme Smith (*La Cantatrice chauve*, 1950) « frappe dix-sept coups anglais » sur la scène du théâtre des Noctambules, le dramaturge a-t-il déjà plusieurs œuvres à son actif : un recueil de poésie (*Élégies pour êtres minuscules*, 1931), un essai critique (*Non*, 1934), ainsi que de nombreux articles culturels, parus dans des revues d'avant-garde.

Sa première pièce lui est inspirée par un manuel de conversation franco-anglaise : *L'Anglais sans peine*. Sans réellement parvenir à convaincre le public, elle a le mérite d'éveiller l'attention de quelques critiques, sans aucun doute en raison de son caractère insolite. Au fil des ans et de ses créations – *La Leçon* (1951), *Les Chaises* (1952), *Victimes du devoir* (1953), *Amédée ou Comment s'en débarrasser* (1954), *Jacques ou la Soumission* (1955), *Rhinocéros* (1959), *Le roi se meurt* (1962) –, Ionesco s'impose comme un auteur innovant et comme le fondateur de ce qu'on appelle, malgré lui, le théâtre de l'absurde.

Ce nouveau théâtre est en réalité un anti-théâtre dans le sens où, porté par ses velléités de renouvellement, il s'oppose à toutes les formes et normes dramatiques en vigueur à l'époque. Non didactique, non idéologique, non psychologique, non réaliste, il est dépourvu à la fois d'intrigue et de héros. Si les débuts sont difficiles, Eugène Ionesco reçoit peu à peu les faveurs du public et de la critique. Aujourd'hui traduites dans toutes les langues, ses pièces ont été récompensées par de nombreux prix et sont encore jouées dans le monde entier.

RHINOCÉROS

- **Genre :** Théâtre.
- **1re édition :** 1959.
- **Édition de référence :** *Rhinocéros*, Paris, Gallimard, 1972.
- **Personnages principaux :**
  - Bérenger, un homme ordinaire qui devient malgré lui le héros de la pièce et le dernier défenseur de l'humanité.
  - Jean, l'ami de Bérenger, qui est aussi tout son contraire.
  - Daisy, la collègue de Bérenger, avec qui il vit une brève idylle.
  - Dudard, un juriste prometteur ainsi que le rival de Bérenger pour la conquête Daisy.
  - Botard, un retraité de l'enseignement qui pense tout savoir et tout comprendre.
  - Le Logicien, un homme qui se croit savant et dispense son enseignement à qui veut bien l'écouter.
- **Thématiques principales :** la métamorphose, la monstruosité, la contagion idéologique, le conformisme, la claustration et l'effondrement du langage.

Rhinocéros est une pièce en trois actes et quatre tableaux (le deuxième acte est divisé en deux tableaux) qui trouve son point de départ dans la Roumanie nationaliste des années trente. Eugène Ionesco y est frappé par la propagation, aussi rapide que violente, des courants d'opinion fanatiques. Alors que le pays se soumet au processus de nazification, il assiste à la métamorphose radicale de ses collègues et amis, au point qu'il lui devient bientôt impossible de les comprendre et même de leur parler : ils sont devenus « rhinocéros ».

Publiée en 1959 à Paris, la pièce exprime, de manière générale, l'effroi de son auteur devant toutes les formes de totalitarisme : Bérenger, employé ordinaire, assiste, impuissant, à la propagation de la « rhinocérite » qui transforme ses proches en véritables monstres. *Rhinocéros* dépeint également une crise du langage, qui n'est jamais que le symptôme d'une crise, plus profonde encore, de la pensée. De fait, au-delà du totalitarisme, la pièce condamne tout système idéologique, toute idolâtrie, tout courant d'opinion qui dépossède l'individu de sa pensée. C'est pourquoi, plus de 50 ans après sa création, elle conserve toute son actualité : « Je me demande si je n'ai pas mis le doigt sur une plaie brûlante du monde actuel, sur une maladie étrange qui sévit sous différentes formes, mais qui est la même, dans son principe », pressent déjà le dramaturge en 1961 (IONESCO (Eugène), *Notes et Contre-notes*, Paris, Gallimard, 1966, p. 283).

LA VIE D'EUGÈNE IONESCO

LES DÉBUTS, ENTRE LA ROUMANIE ET LA FRANCE

Eugène Ionesco naît le 26 novembre 1909 à Slatina, une ville roumaine située au bord de l'Olt, d'un père roumain et d'une mère française. Mais dès 1911, la famille Ionesco s'installe en France, où le père prépare un doctorat en droit. La prime enfance d'Eugène Ionesco est marquée par la mésentente de ses parents. L'écrivain rapporte d'ailleurs, dans son *Journal en miettes* (1967), que sa mère, au cours d'une dispute conjugale, tenta de s'empoisonner avec une fiole de teinture d'iode.

En 1916, tandis que la Première Guerre mondiale fait rage, le père regagne son pays natal et engage une procédure de divorce. La mère subvient alors péniblement aux besoins de ses deux enfants. Pourtant, cette période est ponctuée d'épisodes heureux et mémorables, comme le fascinant spectacle du guignol observé au jardin du Luxembourg et, surtout, le séjour mayennais, au moulin de La Chapelle-Anthenaise, de 1917 à 1919. Là, placés par leur mère dans une famille d'accueil, Eugène et sa sœur cadette Marilina s'émerveillent des couleurs et des odeurs de la campagne. Ionesco y découvre également le sentiment de plénitude. Dès lors, son retour à Paris marque une rupture douloureuse qui ouvre sur le temps de l'écriture. Ionesco compose un scénario, un drame patriotique et ses premiers poèmes.

En 1922, il doit rejoindre son père en Roumanie, mais ses rapports avec cet homme autoritaire et opportuniste, toujours habilement rangé du côté du pouvoir, restent tendus. À Bucarest, l'écrivain rencontre sa future épouse, Rodica Burileanu (1911-2004), et s'engage véritablement sur la voie littéraire. Il étudie les lettres, prépare une licence de français et publie ses premiers articles dans des revues d'avant-garde : *Fapta, Viata Literara, Zodiac*, etc. En 1934, il fait scandale dans les milieux littéraires en s'attaquant à des auteurs roumains consacrés tels que Tudor Arghezi (1880-1967), Cezar Petrescu (1892-1961) et Ion Barbu (1895-1961), dans une série de pamphlets publiée sous le titre de *Nu* (« *Non* »). La même année, son diplôme en poche, il enseigne le français à Bucarest puis, en 1936, se marie.

Deux ans plus tard, alors que la guerre est imminente, Ionesco obtient une bourse de l'Institut français de Bucarest pour rallier la France et y préparer une thèse – qui restera inachevée – sur le thème du péché et de la mort dans la poésie française. Si la guerre contraint le jeune couple à rentrer en Roumanie en 1940, Ionesco fait cependant jouer ses relations et, très vite, regagne la France par Marseille, avant de retrouver Paris en mars 1945. Les temps sont difficiles. L'année précédente, l'écrivain et sa femme ont accueilli la naissance de Marie-France. Pour subsister, Eugène Ionesco exerce le métier de manutentionnaire puis, à l'instar de Bérenger (le héros de *Rhinocéros*), devient correcteur dans une maison d'édition. Après la guerre, il obtient sa naturalisation et, bientôt, s'attaque à son grand œuvre.

DES PREMIERS ÉCHECS À LA RECONNAISSANCE

C'est en 1950, avec une mise en scène de Nicolas Bataille (1926-2008), qu'Eugène Ionesco livre sa première œuvre dramatique au théâtre des Noctambules : *La Cantatrice chauve*. C'est un échec. La pièce n'est saluée que par de rares critiques, tels que Jacques Lemarchand (1908-1974), et par quelques auteurs, dont Jean Paulhan (1884-1968), Raymond Queneau (1903-1976) ou les surréalistes André Breton (1896-1966) et Benjamin Péret (1899-1959). Ses œuvres suivantes – *La Leçon, Les Chaises, Victimes du devoir, Amédée ou Comment s'en débarrasser, Jacques ou la Soumission* – sont également données dans les petits théâtres de la rive gauche et du Quartier latin. Le public est décontenancé et la critique crie au scandale devant ces pièces qui se jouent des normes et des conventions théâtrales.

C'est qu'au même titre que Samuel Beckett (1906-1989) et Arthur Adamov (1908-1970), Eugène Ionesco promeut un théâtre d'avant-garde qui, dans sa recherche systématique d'originalité, rejette le conformisme esthétique et idéologique. Peut-être est-il même la figure de proue de ce nouveau théâtre qu'il cherche à définir dans de nombreux discours (*Entretiens d'Helsinki*, *Propos sur mon théâtre et sur les propos des autres*, *Le dogmatisme tue le théâtre*, etc.) et dans divers écrits comme ses *Notes et Contre-notes* (1962 et 1966). Il s'agit en réalité d'un anti-théâtre, excluant toute préoccupation didactique et tout dogmatisme, réprouvant le réalisme au profit d'une dramaturgie insolite et souvent inspirée du rêve, privilégiant les enchaînements fortuits aux intrigues linéaires et substituant les fantoches aux héros traditionnels. Par leur langage logorrhéique, vidé de sa substance morale et intellectuelle, Ionesco et les nouveaux dramaturges développent le plus souvent une vision pessimiste de la condition humaine, fondée sur le sentiment de l'absurde, c'est-à-dire sur le désarroi de l'homme étranger à son propre monde, égaré dans une existence dont le sens lui échappe.

Mais bientôt, le théâtre de Ionesco a raison des critiques et connaît un véritable triomphe. Dès 1956, avec *L'Impromptu de l'Alma*, il découvre le Studio des Champs-Elysées. L'année suivante, *La Cantatrice chauve* et *La Leçon* sont reprises au théâtre de la Huchette, dont elles occupent depuis lors l'affiche sans interruption. À ce jour, le spectacle, qui totalise plus de 18 000 représentations, a franchi le seuil des deux millions de spectateurs. Un record mondial !

En 1966, Eugène Ionesco, qui a depuis longtemps acquis la reconnaissance populaire, critique et institutionnelle, entre à la Comédie-Française avec *La Soif et la Faim*, dans une mise en scène de

Jean-Marie Serreau (1915-1973). Depuis lors, il ne cesse d'amasser les prix (Grand Prix national du théâtre en 1969, prix de Jérusalem en 1975, médaille Max Reinhardt en 1976, prix T.S. Eliot-Ingersoll en 1985, Molière en 1989, etc.) et de collectionner les titres honorifiques (docteur *honoris causa* de l'université de New York en 1971 et de Louvain en 1997, officier de la Légion d'honneur en 1984, membre de l'Académie française en 1989, etc.). Publié de son vivant dans la prestigieuse bibliothèque de la Pléiade, Eugène Ionesco est aujourd'hui considéré comme l'un des plus grands dramaturges français. Il s'est éteint le 28 mars 1994 à Paris.

| Pierre tombale d'Eugène Ionesco au cimetière Montparnasse à Paris.

RÉSUMÉ DE *RHINOCÉROS*

RUMEURS ET RACONTARS

Ce lundi-là, entre 9 h et 9 h 10, lorsqu'un petit employé médiocre du nom de Bérenger entre discrètement dans les bureaux d'une grande maison de publications juridiques, ses collègues sont déjà affairés autour d'une table. Sur le meuble, par-dessus des épreuves d'imprimerie, un journal est ouvert à la page des faits divers : la veille, sur la place de l'Église, un pachyderme a écrasé un chat. La discussion s'anime et M. Papillon, le chef, soucieux de productivité, s'efforce vainement de ramener l'ordre. L'équipe est partagée : Daisy, jeune dactylo, prétend avoir assisté à la scène ; Dudard, juriste prometteur, ajoute foi aux dires des journalistes et des témoins ; au contraire, Botard, ancien instituteur docte et pédant, crie à la psychose et à la mystification (« Vous voyez bien que ce sont des racontars […] », p. 97).

Bérenger, quant à lui, a réellement vu un rhinocéros, la veille, peu avant l'heure du déjeuner, alors qu'il avait rendez-vous avec son ami Jean à la terrasse d'un café. Ce jour-là, tous deux sont en retard : le premier par habitude et parce qu'il paye encore ses excès de la veille, le second par choix, dit-il, car il n'aime pas attendre. Leur discussion tourne rapidement au sermon : Jean, en moralisateur irréprochable, condamne les virées nocturnes de son ami, ainsi que son allure hirsute et négligée. Mais Bérenger, qui s'ennuie de sa vie provinciale et des longues heures qu'il passe quotidiennement dans son bureau, a besoin de distractions.

Soudain, au loin, gronde une étrange rumeur. Le bruit semble se rapprocher jusqu'à ce que l'on distingue le souffle d'une bête fauve. Lorsqu'une apparition fantastique émerge d'un nuage de poussière, chacun s'étonne : « Oh ! un rhinocéros ! » (p. 22) Pourtant, très vite, la vie reprend son cours : le couple d'épiciers entretient son commerce, le patron du café commande sa serveuse, un logicien enseigne l'art du syllogisme à un vieil homme et Bérenger rêvasse. Seul Jean semble se préoccuper de ce qu'il vient de se passer. Mais les discussions sont à nouveau interrompues par des barrissements, suivis du miaulement tragique d'un chat et du cri déchirant d'une femme. Il s'agit de la Ménagère qui, inconsolable, tient dans ses bras le corps ensanglanté de son chat, écrasé par un rhinocéros. Le petit microcosme s'agite alors et, se perdant en bavardages, débat du nombre de bêtes et de cornes que recèle la rue. Bientôt, le ton monte et les deux amis se quittent fâchés.

D'UN EFFET BŒUF À UN EFFET PAPILLON...

Le lendemain matin, au bureau, les débats sont suspendus par l'arrivée impromptue de Mme Bœuf, venue excuser l'absence de son mari : elle apparaît à bout de souffle, car un pachyderme l'a poursuivie depuis chez elle jusque sur le palier ! D'ailleurs, les marches ont cédé sous le poids de la bête, disparue dans la poussière, condamnant ainsi la seule issue. Quoiqu'accablés d'appels en cette matinée où des fauves sont signalés un peu partout en ville, les pompiers sont en route. Soudain remise de ses émotions, Mme Bœuf croit reconnaître son mari sous les traits du monstre. Répondant à ses appels, elle se jette du palier, atterrit sur son dos à califourchon et s'engouffre dans la rue. À la fenêtre, un pompier se présente sur son échelle : Daisy, M. Papillon, Botard, Dudard et Bérenger quittent le bâtiment.

Le phénomène prend rapidement de l'ampleur et les transformations se multiplient, à commencer par celle de Jean. L'après-midi même, libéré de ses obligations, Bérenger décide de rendre visite à son ami afin de s'excuser de leur différend de la veille. Il le découvre cloué au lit, le pyjama froissé et les cheveux ébouriffés. Jean est malade : sa voix s'est faite plus rauque, une bosse est apparue au-dessus de son nez, son teint est devenu verdâtre et sa peau a durci. Il a l'air d'une bête en cage, errant d'une pièce à l'autre de l'appartement et mirant sa métamorphose dans la salle de bain. Bientôt, il rejette la loi des hommes et menace Bérenger : « Je te piétinerai, je te piétinerai. » (p. 164) Il devient lui aussi rhinocéros et, avec lui, le concierge, les voisins ainsi que tous les habitants de la rue, mués en un troupeau immense. Bérenger prend la fuite.

LE DERNIER HOMME

Traumatisé, il se barricade dans son appartement et, inquiet, le front bandé pour prévenir l'apparition d'une bosse, il compare sa toux aux barrissements des fauves regroupés dans la rue. Dudard, venu lui rendre visite, cherche vainement à le rasséréner : à ses yeux, la situation n'est pas aussi grave qu'il y paraît et, d'ailleurs, partout, les gens commencent à s'habituer à la présence des rhinocéros, menant leurs affaires comme si de rien n'était. Mais rien n'y fait, Bérenger désespère et la rhinocérite ne cesse de se propager : M. Papillon, le Logicien et Botard ont d'ores et déjà cédé à leur instinct animal pour rejoindre la horde.

Lorsque la jeune Daisy se présente à son tour à la porte de Bérenger et laisse paraître ses sentiments pour ce dernier, Dudard lui-même, jaloux, se laisse gagner par la contagion. Le couple est désormais bien seul, car les pachydermes sont partout : il en sort des cours, des maisons, des fenêtres et, déjà, ils contrôlent les autorités et les médias. Passés les premiers baisers, les promesses de bonheur et les rêves d'amour s'évanouissent rapidement : la jeune dactylo succombe elle aussi aux cris chantants des bêtes. Dès lors, Bérenger est le dernier homme, seul, laid, monstrueux. Pourtant, il s'arme de sa carabine et jure de résister : « Contre tout le monde, je me défendrai ! Je suis le dernier homme, je le resterai jusqu'au bout ! Je ne capitule pas ! » (p. 246)

L'ŒUVRE EN CONTEXTE

En 1957, Eugène Ionesco compose un bref récit à la demande de Geneviève Serreau (1915-1981), épouse du metteur en scène Jean-Marie Serreau et secrétaire de rédaction aux *Lettres nouvelles*. Le texte s'intitule *Rhinocéros*. Son architecture, son argument et ses personnages sont déjà tels que nous les connaissons aujourd'hui : l'auteur y fait le procès des sociétés inféodées au fascisme et, de manière plus générale, y pointe du doigt les ravages du conformisme et de la contagion idéologique, dans le contexte singulier des années cinquante. Fin 1959, retravaillée et transposée sous forme théâtrale, l'œuvre est portée pour la première fois sur scène par Karl-Heinz Stroux (1908-1985) au Schauspielhaus de Düsseldorf.

RHINOCÉROS, « UNE PIÈCE ANTINAZIE »

Dans ses *Notes et Contre-notes*, Eugène Ionesco désigne *Rhinocéros* comme « une pièce antinazie » (*Notes et Contre-notes, op. cit.*, p. 274). Et de fait, le fascisme, défini par l'historien René Rémond (1918-2007) comme la « revanche de l'instinct, le culte de la force physique, de la violence même » (RÉMOND (René), *Introduction à l'histoire de notre temps. Tome 3. Le XXe siècle, de 1914 à nos jours*, Paris, Seuil, 2002, p. 114), semble parfaitement s'incarner dans la figure du pachyderme. À travers cette métaphore, Ionesco condamne un anti-individualisme qui annihile toute différence et inscrit l'accomplissement de l'homme dans son intégration à la communauté.

Dès les années trente, l'idéologie nazie excède les frontières germaniques et pénètre le territoire roumain où elle séduit les intellectuels, notamment Mircea Eliade (1907-1986) et Emil Cioran (1911-1995). Comme il enseigne successivement à Cernavoda, à Curtea de Arges et à Bucarest, Eugène Ionesco observe le phénomène en première ligne :

le nazisme s'implante de plus en plus dans les milieux universitaires et il devient rapidement difficile de résister à la contagion. Le jeune écrivain assiste alors, impuissant, à la métamorphose de ses collègues et amis, qui se rallient les uns après les autres à la doctrine nazie. Son sentiment tragique d'altérité et d'abandon trouve alors un profond écho dans l'expérience vécue et rapportée par l'écrivain Denis de Rougemont (1906-1985) : à Nuremberg, témoin d'un rassemblement nazi en l'honneur du Führer, celui-ci s'est senti gagné par le délire hystérique de la foule, avant qu'un sursaut instinctif et violent ne l'arrache au fanatisme pour l'offrir à la solitude. « Là est peut-être le point de départ de *Rhinocéros* », confie le dramaturge (*Notes et Contre-notes, op. cit.*, p. 274). Pour preuve, 20 ans plus tard, lorsqu'il s'attèle à l'écriture de sa pièce, le traumatisme est toujours bien vivant. D'ailleurs, en 1960, adressant une lettre à Jean-Louis Barrault (1910-1994), le metteur en scène de la pièce à Paris, Ionesco désigne encore ce souvenir comme « le drame le plus angoissant de [sa] vie » (GIRET (Noëlle) (dir.), *Ionesco*, Paris, Gallimard et BNF, 2009, p. 159).

LE TERRORISME IDÉOLOGIQUE DANS LES ANNÉES CINQUANTE

Mais si *Rhinocéros* dénonce le nazisme, la pièce n'en est pas moins profondément ancrée dans le contexte particulier qui la voit naître : celui des années cinquante. Au sortir de la Seconde Guerre mondiale, les antagonismes idéologiques sont exacerbés et les alliés de la veille, principalement les États-Unis, capitalistes, et l'Union soviétique, communiste, se déchirent désormais entre eux. Le monde est alors divisé en deux blocs : à l'Ouest, la démocratie promeut les libertés individuelles ; à l'Est, celles-ci sont suspendues au nom de la justice et de l'égalité. C'est aussi le temps de ce qu'on appelle le terrorisme idéologique car, de part et d'autre, d'importants moyens de propagande sont mis en œuvre pour endoctriner les populations, les rallier à un système d'idées et de valeurs, et diaboliser l'ennemi. En URSS, des manœuvres d'intimidation et des procès truqués permettent même d'écarter les dissidents. Ainsi, en 1945, le rayonnement du pays est tel que le communisme transcende les frontières et constitue un important facteur de cohésion pour des pays et des peuples *a priori* fort dissemblables.

En France, le parti communiste sort grand vainqueur de la guerre, auréolé du prestige acquis par son implication dans la Résistance et par son affiliation à l'URSS. Le communisme séduit en effet de nombreux intellectuels et agite le prolétariat français. Mais Eugène Ionesco, lui, n'y voit qu'une autre forme de totalitarisme et craint de revivre le même traumatisme que dans les années trente. C'est sans doute pour cette raison que, dans ce contexte, *Rhinocéros* sonne comme une véritable mise en garde. Ainsi, la propagation de la rhinocérite renvoie sans doute moins au processus de nazification de l'Europe que, de manière plus générale, à l'attraction contagieuse des idéologies, quelles qu'elles soient. *Rhinocéros* est donc surtout « une pièce contre les hystéries collectives et les épidémies qui se cachent sous le couvert de la raison et des idées [...] » (*Notes et Contre-notes, op. cit.*, p. 274).

POUR UN THÉÂTRE ANTI-IDÉOLOGIQUE ET ANTIPHILOSOPHIQUE

Après la guerre, l'œuvre du dramaturge allemand Bertolt Brecht (1898-1956), précurseur et théoricien d'un théâtre engagé, exerce une influence considérable dans les milieux intellectuels, séduisant des critiques incontournables comme Roland Barthes (1915-1980) ou Bernard Dort (1929-1994). Une tendance d'inspiration brechtienne se fait alors jour et de nombreux dramaturges, ne pouvant se soustraire aux débats idéologiques qui animent cette période, inféodent leur théâtre à des postulats politiques ou philosophiques, à l'instar de Jean-Paul Sartre (1905-1980) – *Les Mouches* (1943), *Huis clos* (1944) ou *Les Mains sales* (1948) – et Albert Camus (1913-1960) – *Caligula* (1938),

Le Malentendu (1944) ou *Les Justes* (1949). Dans un souci de didactisme, ils mettent en scène des paraboles à visée sociopolitique et utilisent la scène pour diffuser leurs idées auprès du grand public.

Toutefois, tandis que ces auteurs occupent le haut de l'affiche dans les grandes salles parisiennes, des artistes comme Jacques Audiberti (1899-1865), Jean Tardieu (1903-1995), Samuel Beckett, Georges Schéhadé (1907-1989), Arthur Adamov, Jean Vauthier (1910-1992), Jean Genet (1910-1986) ou Eugène Ionesco investissent quant à eux les petits théâtres de la capitale. Ils y défendent un théâtre au pouvoir symbolique renforcé qui, dans le sillage des surréalistes, recourt largement aux images et considère le rêve comme une matière première. Dès le début des années cinquante, le critique Jacques Lemarchand rassemble ce groupe hétéroclite sous l'étiquette d'un théâtre de l'absurde, héritier des conceptions philosophiques de l'existentialisme représenté par Sartre et Camus. Mais c'est seulement en 1961, lorsque Martin Esslin (1918-2002) publie ses analyses d'Adamov, Beckett, Genet et Ionesco à l'aune des écrits camusiens que la formule acquiert sa renommée. Il est vrai que le sentiment de l'absurde développé par Albert Camus imprègne abondamment les œuvres de ces nouveaux dramaturges, jusqu'à pénétrer la structure même des pièces et à rendre le langage impropre à toute communication. Pourtant, réfutant toute affiliation à un courant philosophique, Eugène Ionesco désavoue cette appellation. Pour lui, le langage théâtral ne saurait constituer le véhicule des idéologies. D'ailleurs, si *Rhinocéros* est une pièce engagée, dans le sens où elle condamne les totalitarismes, elle se refuse à ériger une quelconque idéologie en modèle face à la menace « rhinocérique ». C'est pourquoi la réaction de Bérenger, dernier défenseur de l'humanité, est instinctive plutôt que rationnelle. « Si j'opposais une idéologie toute faite à d'autres idéologies toutes faites [...], je ne ferais qu'opposer un système de slogans rhinocériques à un autre système de slogans rhinocériques », se justifie à ce propos le dramaturge (*Notes et Contre-notes, op. cit.*, p. 287).

ANALYSE DES PERSONNAGES

BÉRENGER

À différents égards, Bérenger incarne l'homme absurde. Médiocre employé d'une grande maison de publications juridiques, il est accablé par une angoisse existentielle qui ne le quitte jamais : le sens de l'existence lui est impénétrable (« Moi je ne m'y fais pas. Non, je ne m'y fais pas, à la vie. », p. 20). Il ignore tout du monde, qui lui semble par ailleurs étranger et hostile, et même de sa propre ville, qu'il croit à tort pourvue d'un jardin zoologique, d'un cirque ou de bois marécageux. En somme, il est déconnecté du réel et ne s'intéresse momentanément qu'à ce qui le concerne directement. À ce titre, l'apparition fantastique du premier rhinocéros l'affecte moins que le nuage de poussière qu'il met en branle sur son passage ; c'est seulement lorsque la rhinocérite pénètre les espaces de plus en plus intimes du bureau, de l'appartement de Jean, puis de son propre salon qu'il s'émeut de ce phénomène.

S'ennuyant profondément (« Je n'ai guère de distractions, on s'ennuie dans cette ville, je ne suis pas fait pour le travail que j'ai... tous les jours [...] », p. 20), Bérenger cherche à se divertir au sens pascalien (Blaise Pascal, 1623-1662) du terme, c'est-à-dire à se détourner des réalités ingrates et pourtant inhérentes à la condition humaine. C'est pourquoi il rêvasse constamment et aime tant boire et faire la fête. Aussi, chaque dimanche matin, ses bâillements, son haleine fétide et son accoutrement trahissent-ils ses excès de la veille. Il a la gueule de bois.

Mais si Bérenger incarne si bien l'homme absurde, c'est aussi parce que c'est un individu ordinaire, à la vie ordinaire, dans le cadre ordinaire d'une petite ville provinciale. Bien qu'il soit le protagoniste principal de la pièce, il ne présente en effet guère les caractéristiques du héros traditionnel : c'est un homme sans qualités, qui n'a ni gloire, ni force, ni courage, ni sagesse. Au contraire, il souffre de la comparaison chaque fois qu'il est en compagnie de son ami – plus respectable – ou de ses collègues – plus brillants, plus prometteurs, etc. Pourtant, il devient malgré lui le héros de la pièce et le dernier défenseur de l'humanité. Animé par cette réaction instinctive qui fut aussi celle de Denis de Rougemont et d'Eugène Ionesco lui-même, il résiste seul aux monstres, aux slogans et à la contagion idéologique.

JEAN ET DAISY

Jean est l'ami de Bérenger. Il est aussi tout son contraire : élégant, tiré à quatre épingles, et parfaitement maître de lui-même, de ses pensées et d'un temps qu'il partage entre ses heures de bureau, la sieste et les sorties culturelles. Il est partisan de l'ordre et c'est d'ailleurs la raison pour laquelle, le premier, il condamne les rhinocéros : « Nous devrions protester auprès des autorités municipales ! » (p. 34)

Selon Bérenger, son seul défaut est d'être colérique. Pourtant, si en société Jean porte son costume comme gage de son excellence, sous le vernis se cache un homme autoritaire, intolérant et hypocrite qui se fâche pour la moindre contradiction. Aussi, lorsqu'on le retrouve chez lui, malade, en pyjama et les cheveux ébouriffés, est-il méconnaissable : la rhinocérite révèle ainsi sa nature profonde. Celui qui professait hier un humanisme défendu par habitude rejette alors la loi morale des hommes, la civilisation et même l'amitié de Bérenger : « L'amitié n'existe pas. Je ne crois pas en votre amitié. » (p. 151)

Quant à Daisy, jeune dactylo un rien naïve – elle croit en l'existence des soucoupes volantes –, c'est la collègue de Bérenger, pour laquelle celui-ci ressent une certaine attirance. Au fil de l'expérience

« rhinocérique », le couple se constitue, mais l'idylle tourne court. Les amants sont désespérément seuls, coupés du monde et, angoissée par cette perspective, Daisy se dérobe à leur refuge paradisiaque – l'appartement de Bérenger – pour céder aux appels de la horde. Dès lors, le rêve d'union s'évanouit et Bérenger demeure seul.

UNE GALERIE DE PSEUDO-INTELLECTUELS

Rhinocéros comporte également une véritable galerie de pseudo-intellectuels dont les discours présomptueux – caricatures des arguties des idéologues – montrent la vacuité. Tous, les uns après les autres, délaissent la raison pour la passion et cèdent au chant des sirènes pachydermiques.

Soixantenaire retraité de l'enseignement et membre d'un comité d'action syndicale, Botard se prévaut d'un esprit scientifique, méthodique et exact : « Il sait tout, comprend tout », signale le dramaturge dans une didascalie (p. 93). Béret basque sur la tête et lunettes sur le bout du nez, il incarne le partisan marxiste issu des milieux modestes, méfiant vis-à-vis des médias et fielleux à l'égard d'un patronat qu'il soupçonne d'être à l'origine du phénomène. Toutefois, emporté par l'esprit communautaire, il rejoint le troupeau au côté de M. Papillon, chef de service autoritaire promis au poste de sous-directeur et décoré de la Légion d'honneur.

Leur collègue Dudard est quant à lui à ce point tolérant qu'il se refuse toujours à trancher. Juriste prometteur et rival de Bérenger pour la conquête de Daisy, il ne jure que par le débat : pour lui, tout fait objet de discussion et toutes les positions sont défendables. À ses yeux, chacun a ses raisons et, dès lors, les métamorphoses sont tolérables. D'ailleurs, éconduit par la jeune dactylo, il tente à son tour l'expérience parce que, dit-il, « il vaut mieux critiquer du dedans que du dehors » (p. 217).

Pourvu d'une moustache grise, de lorgnons et d'un canotier, le Logicien dispense son enseignement prétendument savant – et en vérité, tout à fait saugrenu – à qui veut bien prêter l'oreille pour l'écouter. Sa carte d'identité prétend garantir son statut professionnel et son aura. Mais lui aussi est emporté par le flux des bêtes.

Parmi les autres personnages (par ordre d'apparition), on trouve encore la Ménagère, l'Épicière, la Serveuse, l'Épicier, le Vieux Monsieur, le Patron du café, Mme Bœuf, un pompier, M. Jean et la femme de celui-ci. Ils sont souvent réduits à leur fonction sociale dans des rôles plus ou moins négligeables.

ANALYSE DES THÉMATIQUES

RHINOCÉROS, DRAME DE LA MONSTRUOSITÉ

Monstres humains

Dans *Rhinocéros*, Eugène Ionesco réactive le thème kafkaïen de la mutation de l'homme en monstre : dans *La Métamorphose* (1915), Grégoire Samsa, le héros de Franz Kafka (1883-1924), se mue en un insecte monstrueux et vit reclus, abandonné de tous, jusqu'à mourir de désespoir. En s'inspirant de ce récit, Ionesco entend déceler l'existence de forces monstrueuses renfermées en chaque être sous un vernis d'humanité. À ce titre, sa pièce constitue une véritable étiologie du mal, c'est-à-dire qu'elle permet d'observer les facteurs et les causes de la contagion, d'explorer les mobiles latents qui poussent les individus à la transformation. Ainsi, sous ses airs irréprochables et son goût prononcé pour l'ordre, Jean réprime en réalité des instincts sauvages. Il dissimule aussi un tempérament colérique et, au détour d'une mésentente sur l'« unicornuité » ou la « bicornuité » des pachydermes, laisse transparaître un racisme certain : « Ils sont jaunes ! jaunes ! très jaunes ! », s'écrie-t-il à propos des Asiatiques (p. 73). Botard, instituteur à la retraite et membre d'un comité d'action syndicale, semble pour sa part prédisposé au mal par son instinct grégaire : « Chez lui, il me semble que c'est l'esprit communautaire qui l'a emporté [...] » (p. 206), croit deviner Dudard, qui mène l'enquête et interprète les motivations de tous dans un geste qu'il juge nécessaire. « Mon cher Bérenger, il faut toujours essayer de comprendre. Et lorsqu'on veut comprendre un phénomène et ses effets, il faut remonter jusqu'à ses causes, par un effort intellectuel honnête » (p. 194), explique-t-il. Toutefois, Bérenger, lui, ne veut pas comprendre. Et de fait, à l'instar de Ionesco, c'est d'instinct qu'il rejette les rhinocéros, sans faire appel à la raison.

L'acte I et le premier tableau de l'acte II décrivent ce que Claude Abastado nomme « le terrain de l'épidémie » (ABASTADO (Claude), *Ionesco*, Paris, Bordas, 1971, p. 145). Il s'agit d'une petite ville provinciale d'apparence tranquille qui, pourtant, laisse déjà entrevoir quelques symptômes qui en font un territoire particulièrement propice à la propagation de la rhinocérite : l'absence de distraction, la médiocrité ambiante, l'égoïsme des uns, l'indifférence des autres, la jalousie, la violence ou encore le mépris. Le deuxième tableau de l'acte II montre ensuite une nouvelle intrusion du surnaturel à travers la métamorphose de Jean : sa voix devient plus rauque, une bosse se dessine sur son front et sa peau se fait cuir. Mais la transformation n'est pas seulement physique ; elle est doublée d'un processus de déshumanisation, autrement dit d'une perte de tout caractère proprement humain. Désormais nu, Jean renonce à l'hygiène et à la pudeur comme conventions sociales, et manifeste son animalité dans le rejet de l'espèce humaine, de sa morale et de ses lois, qu'il déclare inférieures à celles de la nature : « Il faut reconstituer les fondements de notre vie. Il faut retourner à l'intégrité primordiale. » (p. 159) Dès lors, à travers la figure du monstre, la métamorphose confine au renversement carnavalesque – « Il s'est déguisé », dit Jean de M. Bœuf (p. 155) –, c'est-à-dire qu'elle subvertit – provisoirement ? – l'ordre établi et la hiérarchie des valeurs.

Monstre de solitude

Au sein de ce nouvel ordre « rhinocérique », Bérenger demeure bientôt « le dernier homme » (p. 246). Il se pare alors, à son tour, des traits du monstre, entendu comme celui dont les attributs s'écartent de la norme. C'est tout le sens de la tirade finale :

> « Ce sont eux qui sont beaux. J'ai eu tort ! Oh ! comme je voudrais être comme eux. Je n'ai pas de corne, hélas ! Que c'est laid, un front plat. Il m'en faudrait une ou deux, pour rehausser mes traits tombants. Ça viendra peut-être, et je n'aurai plus honte, je pourrai aller tous les

> retrouver [...]. Je n'arrive pas à barrir. Je hurle seulement. Ahh, ahh, brr ! Les hurlements ne sont pas des barrissements ! Comme j'ai mauvaise conscience, j'aurais dû les suivre à temps. Trop tard maintenant ! Hélas, je suis un monstre, je suis un monstre ! » (p. 245)

Dans sa propagation, la rhinocérite a emporté toutes les normes, notamment esthétiques. À ce propos, toujours soucieux de rendre les idées et les sentiments par l'image, Ionesco introduit des têtes de rhinocéros de plus en plus stylisées et admirables, ainsi que des bruits animaux de plus en plus musicalisés et harmonieux. Par la mise en scène, il donne ainsi à voir ce que Bérenger ressent : désormais, les visages monstrueux sont devenus sublimes et les cris tapageurs résonnent comme des chants. Bérenger, quant à lui, devient totalement étranger à lui-même. Face au miroir, il ne se reconnaît plus. C'est qu'en l'absence d'autres hommes, aucune instance extérieure n'est susceptible de le reconnaître et de le confirmer dans son être. Son image et son existence sont alors menacées.

Toutefois, étranger à lui-même et au monde qui l'entoure, Bérenger l'est déjà depuis l'ouverture de la pièce. Figure de l'absurde, c'est un individu égaré et seul parmi les autres hommes : « Je me sens mal à l'aise dans l'existence, parmi les gens [...] », confie-t-il à son ami Jean (p. 42). Ainsi, avant même qu'il ne devienne « le dernier homme », tout semble le condamner à la solitude, et en particulier les faillites de l'amitié et de l'amour. L'amitié, d'une part, apparaît incertaine dès les premières répliques, lorsqu'à la terrasse d'un café, Jean va jusqu'à confier sa honte d'être l'ami de Bérenger. Plus tard, une fois la métamorphose accomplie, le rejet se fait encore plus radical. D'autre part, l'amour débouche sur le même insuccès. Si Daisy, sa jeune collègue, partage un court instant ses sentiments, l'idylle échoue au seuil du bonheur, sous la pression du groupe. Dès lors, devenu monstre de solitude, Bérenger adopte la posture du résistant et jure de rester un homme.

Monstre totalitaire

Et si, comme s'en offusque Bérenger, il ne s'agissait là que d'une « mascarade » (p. 202) ? Et si, comme le suggère Jean, ça n'était que des « déguisements » (p. 155) ? Que se cache-t-il alors derrière le monstre ? Bien sûr, *Rhinocéros* met en scène une allégorie, c'est-à-dire que la pièce recourt à l'image et à la métaphore pour mieux donner à voir et à comprendre une idée, un concept. Il s'agit ici du mécanisme de prolifération épidémique des hystéries collectives et, en particulier, du processus de nazification de l'Europe à l'aube de la Seconde Guerre mondiale.

De fait, Ionesco dépeint une à une les différentes étapes de la contagion idéologique. C'est d'abord la surprise qui domine et s'exprime à travers une formule unique et collégiale : « Oh ! un rhinocéros ! » (p. 22-23 et p. 60-61) Cette apparition soudaine, de nature à bouleverser les habitudes et les représentations provoque alors rejet et négation, destinés à préserver l'ordre des choses : certains, comme Jean, manifestent leur révolte (« Je n'en reviens pas ! C'est inadmissible. », p. 33) ; les autres, comme Botard, préfèrent nier le phénomène (« Votre rhinocéros est un mythe ! », p. 105). Pourtant, à mesure que l'épidémie progresse et pénètre des sphères de plus en plus intimes, il devient impossible de démentir « l'évidence rhinocérique » (p. 127). Le mouvement gagne dès lors progressivement l'approbation, jusqu'à emporter la majorité des hommes. Une fois implantée, l'idéologie relève de l'ordinaire : « On s'y habitue, vous savez. Plus personne ne s'étonne des troupeaux de rhinocéros parcourant les rues à toute allure », affirme Daisy (p. 211).

Enfin, le nouveau collectif cherche à asseoir son hégémonie et rejette à la marge ses derniers opposants. Le « troupeau » (p. 165) est constitué, fondant les individus qui en font partie dans une masse opaque et homogène : Jean, le Logicien et Dudard sont « devenu[s] rhinocéros » (p. 200), regrette Bérenger, en omettant toujours de recourir au pronom indéfini *un* devant *rhinocéros*, comme pour rendre manifeste la dissolution totale de l'individu dans le groupe. Aussi ce dernier prend-il bientôt le contrôle des autorités et des médias : les rhinocéros sont partout, jusque dans la caserne des pompiers et les installations de la radio. C'est désormais le règne de l'amalgame, l'indifférenciation poussée à son paroxysme et, dans la logique identifiée par la philosophe Hannah Arendt (1906-1975), l'élite s'allie provisoirement à la populace (ARENDT (Hannah), *Les Origines du totalitarisme. Tome 3. Le Système totalitaire*, Paris, Seuil, 1972). Le cardinal de Retz (1613-1679), Mazarin (1602-1661) et le duc de Saint-Simon (1675-1755) sont devenus rhinocéros, annonce Daisy. De même, du Logicien il ne reste plus qu'un canotier empalé sur une corne, dernier « vestige de son ancienne individualité » (p. 201). Mais si *Rhinocéros* est incontestablement une pièce antinazie, et si les autres totalitarismes trouvent leur incarnation parfaite sous les traits du rhinocéros, la pièce porte également une signification transhistorique et universelle : de manière générale, elle condamne tout anti-individualisme et tout conformisme qui tend à abolir la différence entre les individus pour exalter les valeurs du groupe.

RHINOCÉROS, DRAME DU LANGAGE

Le dialogue, une communication incertaine

Dans *Rhinocéros*, le démantèlement du langage coïncide évidemment avec le rejet des conventions par les dramaturges de l'absurde, tout en permettant de renforcer les effets de comique de la pièce. Mais davantage encore, la faillite du langage est ici le symptôme d'une crise de la pensée, révélatrice de la vacuité des individus et particulièrement favorable à la contagion. Altérés, les échanges de répliques traduisent toute la distance qui sépare les êtres et les promet à la solitude. De ce fait, les échecs amoureux et amicaux sont d'ores et déjà prévisibles à travers la ruine du dialogue. Par exemple, lorsque Bérenger s'enquiert de l'avis de Daisy sur la métamorphose du

Logicien, la jeune dactylo est victime d'un quiproquo et lui rétorque qu'il devrait prendre du repos. Ce type de mésentente, particulièrement fréquent, met en évidence l'écart entre les préoccupations des uns et des autres. Très souvent, les questions amènent alors des réponses stériles, inconséquentes ou, pire encore, n'amènent aucune réponse. Ainsi, lorsque l'apparition fantastique du rhinocéros accapare toute son attention et que Jean s'inquiète de l'avis d'autrui, Bérenger demeure perdu dans ses pensées : « De quoi parlez-vous ? » (p. 29) Tandis que le premier aborde la question avec passion et gravité, le second répond avec langueur et détachement. Et dès lors, la mécanique du dialogue tourne à vide :

> JEAN : [...] Vous rêvez quand vous dites que le rhinocéros s'est échappé du jardin zoologique...
> BÉRENGER : J'ai dit : peut-être...
> JEAN, *continuant* : ... car il n'y a plus de jardin zoologique dans notre ville depuis que les animaux ont été décimés par la peste... il y a fort longtemps...
> BÉRENGER, *même indifférence* : Alors, peut-être vient-il du cirque ?
> JEAN : De quel cirque parlez-vous ?
> BÉRENGER : Je ne sais pas... un cirque ambulant.

Ionesco figure également cette crise de la parole et de la communication par des procédés dramaturgiques spécifiques. Il crée par exemple des quiproquos par la juxtaposition de deux dialogues dont les répliques tendent à interférer. Parfois, les conversations épousent les mêmes schémas, de sorte qu'elles semblent se poursuivre quoiqu'elles portent sur des sujets tout à fait dissemblables.

> BÉRENGER, *à Jean* : J'ai si peu de temps libre.
> LE LOGICIEN : Vous avez des dons, il suffisait de les mettre en valeur.
> JEAN : Le peu de temps libre que vous avez, mettez-le donc à profit. Ne vous laissez pas aller à la dérive.
> LE VIEUX MONSIEUR : Je n'ai guère eu le temps. J'ai été fonctionnaire.

> LE LOGICIEN, *au Vieux Monsieur* : On trouve toujours le temps de s'instruire.
>
> JEAN, *à Bérenger* : On a toujours le temps.

D'autres fois, elles s'enchevêtrent et s'annihilent. Dès lors, les propos se dissolvent dans un désordre cacophonique, et la parole devient inaudible, incompréhensible. Ce brouillage trouve enfin son prolongement dans les bruits et les cris des rhinocéros qui recouvrent les discours et annoncent la faillite définitive du langage. En effet, bientôt, tous ne s'expriment plus que par des barrissements furieux et indéchiffrables ; Bérenger, seul, devient le dépositaire d'une langue que personne d'autre ne parle ni ne comprend.

Le discours fallacieux des intellectuels

Aux yeux de Ionesco, le problème n'est pas tant celui d'une incommunicabilité entre les êtres : ses personnages se parlent et souvent se comprennent. Toutefois, ils n'ont rien d'autre à échanger que des banalités et des aberrations, soit parce qu'ils sont dépourvus de consistance – c'est le cas de tous ces « personnages-rouages » (la Ménagère, la Serveuse, le couple d'épiciers, etc.), selon la terminologie de Paul Vernois (VERNOIS (Paul), *La Dynamique théâtrale d'Eugène Ionesco*, Paris, Éditions Klincksieck, 1991) –, soit parce qu'ils cherchent à tromper leur public – c'est le cas des figures intellectuelles comme Botard, Dudard ou encore le Logicien.

Dans la petite ville de province qui sert de cadre à l'intrigue, les premiers ont tendance à appuyer leurs discours sur des lieux communs et autres aphorismes : « Plus on boit, plus on a soif, dit la science populaire... », affirme Jean à Bérenger, en guise de semonce ; « Ah ! la politesse française ! C'est pas comme les jeunes d'aujourd'hui ! », se félicite la Ménagère (p. 31). Quant aux seconds, ils ne cessent de dispenser des arguments et axiomes trompeurs, enrobant tous leurs propos d'un voile de « scientificité » sur le modèle des propagandistes. Pour le dramaturge, s'il est un langage – et donc une pensée – en crise, c'est bien celui des intellectuels et des idéologues. Le Logicien est l'incarnation même de cette élite mystificatrice qui fait passer pour syllogismes ses démonstrations fallacieuses. Riches en connecteurs logiques – « si », « car », « or », « donc », « en effet », etc. – et rigoureuses en apparence, celles-ci sont en fait invalides au sens de la logique. En voici un exemple fameux : « Le chat a quatre pattes. Isidore et Fricot ont chacun quatre pattes. Donc Isidore et Fricot sont chats. » (p. 44) Ainsi, il leurre son auditoire pour mieux le gouverner : le Vieux Monsieur et les autres curieux, fort honorés de sa présence, succombent à ses artifices oratoires. Jean, à sa manière, emprunte également ce type de discours, par exemple lorsqu'il prétend convaincre son ami de sa supériorité morale : « Oui, j'ai de la force, j'ai de la force pour plusieurs raisons. D'abord, j'ai de la force parce que j'ai de la force, ensuite j'ai de la force parce que j'ai de la force morale. J'ai aussi de la force parce que je ne suis pas alcoolisé. » (p. 44) D'ailleurs, il est intéressant d'observer que la démonstration de Jean s'enchevêtre dans celle du Logicien pour ne plus former qu'un maelström argumentatif empreint de mauvaise foi. C'est qu'à travers ces figures, Eugène Ionesco semble condamner la même cible : les semi-intellectuels dont les discours constituent le principal vecteur de la contagion idéologique ou, en d'autres termes, participent à la propagande totalitaire.

Un langage déconnecté du réel

Dans *Le Système totalitaire*, Hannah Arendt explique qu'« avant de prendre le pouvoir et d'établir un monde conforme à leurs doctrines, les mouvements totalitaires suscitent un monde mensonger et cohérent qui, mieux que la réalité elle-même, satisfait les besoins de l'esprit humain ». « La force de la propagande totalitaire [...], précise-t-elle encore, repose sur sa capacité à couper les masses du monde réel. » (*Le Système totalitaire, op. cit.*, p. 110) Or que font les harangues du Logicien si ce n'est tendre à déconnecter les individus de la réalité ? Sa logique est une mécanique mentale, purement abstraite, sans lien avec la vie. C'est ce qui lui permet d'affirmer successivement, sans jamais en douter, qu'un chien est un chat au prétexte qu'il a quatre pattes ou que le philosophe grec Socrate, dans la mesure où il est mortel, est également un chat. Ces raisonnements *a priori* indubitables ne tardent pas à duper l'auditoire qui, progressivement, voit se substituer au monde empirique un monde fait de chimères : « Donc, logiquement, mon chien serait un chat », admet le Vieux Monsieur (p. 45). De même, lorsque ce maître en boniments s'attaque à l'épineuse question du caractère « unicornu » ou « bicornu » des rhinocéros, il est également incapable d'aborder le problème sous un angle concret, pragmatique. Aussi se confond-il en hypothèses plus aberrantes les unes que les autres pour finalement en arriver à la conclusion... que tout cela n'est pas concluant.

Dans ces conditions, le langage est une véritable menace ; il répand l'idéologie comme ensemble inébranlable de croyances partagées par un collectif. Au point que, bientôt, le monde extérieur semble se plier aux vérités des discours fallacieux ; autrement dit, le mensonge est corroboré par le réel. Par exemple, la mort du chat de la Ménagère, écrasé par un pachyderme, devient on ne peut plus logique dans cet univers : « Que voulez-vous, Madame, tous les chats sont mortels ! », constate le Logicien (p. 65). Botard est lui aussi déconnecté de la réalité dès lors qu'il interprète les faits à la lumière d'un « système d'interprétation infaillible » (p. 130), c'est-à-dire, en fait, particulièrement obtus. Ainsi, sa haine du patronat le conduit directement à voir, derrière la métamorphose de M. Bœuf, une conspiration de ses chefs. Dans ce monde devenu totalitaire, où la parole précède et détermine le réel, seul Bérenger demeure réellement au contact des choses. Et c'est sans doute pourquoi il est aussi l'ultime résistant à la contagion idéologique : « Je ne te croyais pas si réaliste, je te croyais plus poétique » (p. 227), lui reproche sévèrement Daisy au moment de céder elle aussi au délire collectif.

STYLE ET ÉCRITURE

LES RESSORTS DU LANGAGE IONESCIEN

Dans *Rhinocéros*, le style de Ionesco, largement fondé sur la subversion du langage, s'exprime magistralement. Et pour cause, puisque la parole – et donc la pensée – devenue folle fait partie intégrante de l'argument de la pièce. Ici, déconnecté du monde extérieur, le langage est réduit à une mécanique souvent bouffonne, parfois tragique, alimentée par des traits d'humour, des calembours et une kyrielle de stéréotypes.

Tout d'abord, on trouve des énoncés rigoureux du point de vue formel, mais qui ne font pas sens. C'est le principe même des fameux syllogismes du Logicien, et c'est aussi le principe qui permet à Bérenger de prétendre avoir « un peu mal aux cheveux… » (p. 17) Autre ressort de la parole chez Ionesco : le calembour. Jeu de mots construit sur des équivalences sonores, il génère des successions de phrases ou d'énoncés souvent produits indépendamment du sens : « J'étais à côté de mon ami Jean… Il y avait d'autres gens », rapporte Bérenger à ses collègues (p. 103). La parole peut aussi se fonder sur la déformation, plus ou moins sévère, d'un proverbe ou d'une expression. C'est le cas, par exemple, lorsque la serveuse du café use d'un idiotisme à contre-emploi, provoquant les sanglots de la Ménagère : « Venez, Madame, on va le mettre [le cadavre de son chat] en boîte. » (p. 75)

Les maximes et sentences d'auteurs classiques sont également largement exploitées. Distordues ou non, elles s'incorporent au flux intarissable de la parole. Ici, on reconnaît Karl Marx (1818-1883) : « C'est comme la religion qui est l'opium des peuples ! » (p. 106) Là, le poète Pedro Calderón (1600-1681) : « La vie est un rêve. » (p. 35)

Ailleurs encore, le philosophe René Descartes (1596-1650) : « Pensez, et vous serez. » (p. 46) S'appropriant machinalement ces citations illustres arrachées à leur contexte, les personnages de Ionesco réduisent une pensée souvent complexe à de simples clichés, pour ne plus constituer eux-mêmes que des stéréotypes : c'est Botard, l'instituteur à la retraite et syndicalisé, qui cite Marx ; c'est Bérenger, figure de l'inconstance et de l'onirisme, baroque à plus d'un titre, qui nous renvoie approximativement au titre du chef-d'œuvre de Calderón, *La Vie est un songe* (1635) ; c'est, enfin, Jean, disciple de l'ordre, cartésien au sens de la rigueur, de la méthode et du rationnel, qui cite l'auteur du *Discours de la méthode* (1637). D'autres pastiches, moins littéraires, renvoient aux codes publicitaires : « Devenez un esprit vif et brillant », conseille Jean à son ami (p. 50).

Mais surtout, le langage ionescien fait la part belle aux lieux communs et aux banalités qui, pour Paul Vernois, « témoignent de l'universelle capitulation de la pensée individuelle devant l'oppression insidieuse de l'habitude et des mots d'ordre » (*La Dynamique théâtrale d'Eugène Ionesco, op. cit.*, p. 239). En effet, dans *Rhinocéros*, à mesure que la contagion « rhinocérique » gagne du terrain, le discours se forme de plus en plus de poncifs immuables et péremptoires : « L'homme supérieur est celui qui remplit son devoir », assure ainsi Jean ; « Les journalistes sont tous des menteurs », accuse Botard (p. 94) ; « C'est toujours sur les petits que ça retombe », se plaint-il encore (p. 117). La pensée est à ce point conditionnée que même les sentiments – la surprise, la compassion, etc. – s'expriment d'une seule et même voix, conférant parfois au style de Ionesco ses allures de cacophonie : « Oh ! un rhinocéros ! » (p. 23), « Ça alors ! » (p. 26), « Pauvre petite bête ! » (p. 63), etc.

Enfin, notons encore que la progression des dialogues est ici particulière. Dans le théâtre traditionnel, l'échange des répliques est généralement fondé sur une opposition : « les personnages sont aux prises en raison d'une opposition de valeurs, ou parce qu'une manifestation d'agressivité déclenche une réaction de l'antagonistes », commente Emmanuel Jacquart (JACQUART (Emmanuel), *Le Théâtre de dérision. Beckett, Ionesco, Adamov*, Paris, Gallimard, 1998, p. 193). Dans ce « théâtre de dérision » – la formule est de Ionesco lui-même –, il arrive encore que cet antagonisme soit le moteur du dialogue : c'est le cas lorsque Bérenger et Jean débattent de l'« unicornuité » ou de la « bicornuité » des rhinocéros. Toutefois, dans un univers placé sous le signe du conformisme, l'opposition ne saurait constituer le plus solide ressort de la conversation. Dès lors, Ionesco met en jeu d'autres mécanismes. Par exemple, le dialogue se met en branle sur le modèle d'une progression sérielle ou mathématique (le Logicien et le Vieux Monsieur dénombrent conjointement les pattes des chats Fricot et Isidore, p. 48), ou encore il progresse par associations, tantôt phoniques, tantôt conceptuelles, comme c'est le cas ici, tandis que les « nuages scientifiques » de Bérenger font écho à la « science populaire » de Jean :

> JEAN : Plus on boit, plus on a soif, dit la science populaire...
> BÉRENGER : Il ferait moins sec, on aurait moins soif si on pouvait faire venir dans notre ciel des nuages scientifiques. (p. 16)

En définitive, le style ionescien génère une parole en roue libre, une parole en crise qui, souvent, semble se répéter, tourner en rond.

UNE PIÈCE QUI TOURNE EN ROND

« [T]out est langage au théâtre : les mots, les gestes, les objets, l'action elle-même car tout sert à exprimer, à signifier », écrit le dramaturge (*Notes et Contre-notes, op. cit.*, p. 194). En effet, pour Eugène Ionesco – et les représentants du théâtre de dérision – la parole n'est qu'un élément dramaturgique parmi d'autres. Dès lors, nous pouvons nous demander ce qu'exprime, en tant que somme des diverses composantes dramaturgiques, le langage théâtral de Ionesco ? Peut-être l'angoisse de l'isolement, un isolement qui, comme celui vécu dans la Roumanie de la fin des années trente, relève moins d'une mise à l'écart que d'une claustration.

L'examen général du texte permet d'identifier plusieurs redondances telles que « Oh ! un rhinocéros » (p. 22-23 et p. 60-61) ou « Ah ! là là... » (p. 139 et p. 171) Celles-ci parsèment la pièce et sont elles-mêmes les indices de situations qui se répètent. C'est que le théâtre ionescien ne met guère en scène d'intrigue, au sens d'une succession d'événements rattachés les uns aux autres par des liens de cause à effet – les actions, d'ailleurs, sont peu nombreuses et la parole prime. Par conséquent, *Rhinocéros* adopte d'autres schémas que celui d'une progression linéaire ; son architecture, aux dires mêmes de son auteur, peut être qualifiée de « mouvante ». Ainsi, la pièce met en scène des jeux de miroir et d'inversions qui sont aussi répétitions : à l'acte III, barricadé dans sa chambre, la tête bandée, Bérenger se trouve dans une posture tout à fait similaire à celle de son ami Jean dans le second tableau de l'acte II ; à l'acte III encore, Daisy recommande à son « chéri » de se calmer et de prendre place dans le fauteuil mais, quelques instants plus tard, les rôles sont inversés et Bérenger préconise le même ménagement, avec les mêmes mots (« Calme-toi, repose-toi. Installe-toi dans le fauteuil. », p. 234). En d'autres termes, l'action fait du surplace et tourne en rond, tandis qu'au-dehors la rhinocérite progresse inexorablement. Dès lors, immergé dans une parole vidée de son sens, Bérenger est aussi prisonnier d'une situation qui se répète plutôt qu'elle ne progresse. Le voilà fatalement pris au piège, enfermé, encerclé.

Dans *Rhinocéros*, ce sont toutes les composantes de la dramaturgie qui concoururent à signifier la claustration. C'est encore le cas des différents espaces mis en scène car, *a contrario* du décor réaliste, dont la fonction est le plus souvent ornementale, le dispositif ionescien est tout entier signifiant : dans le cadre dépouillé de la scène, chaque lieu et chaque objet fait sens. La succession des espaces rend bien compte du sentiment d'isolement qui s'empare de Bérenger à mesure que les rhinocéros pénètrent, toujours un peu plus, la sphère de son intimité, depuis la place publique de la ville (acte I) à la familiarité de son appartement (acte III), en passant par son lieu de travail et la chambre de son ami (acte II). D'ailleurs, ainsi que le soulignent les didascalies, ces espaces sont caractérisés par une étrange similitude : à l'acte II, chez Jean, le dispositif « est à peu près [le] même qu'au premier tableau » (p. 136) et à l'acte III, la chambre de Bérenger « ressemble étonnamment à celle de Jean » (p. 169). C'est que chaque acte constitue le symbole d'un phénomène unique : la progression de la rhinocérite.

En outre, les rares objets en présence sont mis au service de cette dimension symbolique et, à leur tour, viennent structurer la pièce. Pour Paul Vernois, c'est notamment le cas des moyens de communication. Ainsi, dans l'acte II, l'effondrement des escaliers, seule issue viable, concentre l'attention des personnages et marque une première étape dans le referment du piège « rhinocérique » sur le protagoniste. Pour l'heure, tous les employés s'échappent par la fenêtre, via l'échelle des pompiers. Dans le second tableau, les fenêtres – disposées comme précédemment –, ne sont plus une échappatoire mais, au contraire, une dangereuse ouverture sur le monde hostile :

> [Bérenger] fait un grand effort, se met à enjamber la fenêtre, passe presque de l'autre côté, c'est-à-dire vers la salle, et remonte vivement, car au même instant on voit apparaître, de la fosse d'orchestre, la parcourant à toute vitesse, une grande quantité de cornes de rhinocéros à la file. (p. 165)

Dans le dernier acte, enfin, portes et fenêtres sont les issues fatales par lesquelles Daisy – et Dudard avant elle – délaisse l'ultime refuge de l'humanité, abandonnant Bérenger à sa solitude. À leur instar, le téléphone structure également l'action et s'inscrit dans la même perspective de symbolisation. À l'acte II, il est encore le moyen de contacter les pompiers et de s'extraire des bureaux mais, à l'acte III, lorsque les rhinocéros se sont emparés de la ville, il a perdu sa fonction et n'est plus réservé qu'aux canulars des pachydermes. En définitive, dans le plus pur style ionescien, le langage, l'action, les décors, tout s'intègre dans un même faisceau de signification. Il s'agit là de l'un des apports majeurs de l'auteur de *Rhinocéros* et, à sa suite, du théâtre de l'absurde dans le paysage dramaturgique français et international.

LA RÉCEPTION DE *RHINOCÉROS*

IONESCO FACE À LA CRITIQUE : UNE HISTOIRE MOUVEMENTÉE

Les années cinquante sont placées sous le signe du règne de la critique. Une presse toujours plus florissante et diversifiée s'est emparée des questions littéraires et théâtrales, et on dénombre maintes publications quotidiennes (*Combat, France-Soir, L'Aurore, Le Monde, Le Figaro*, etc.), hebdomadaires (*Arts, Le Figaro littéraire, Les Nouvelles littéraires*, etc.), voire mensuelles (*La Nouvelle Critique, La Nouvelle Revue française, Les Temps Modernes, Théâtre populaire*, etc.). La concurrence est donc rude et, pour briller, les critiques délaissent les jugements pondérés pour se fendre de formules lapidaires. Les nouveaux dramaturges sont particulièrement exposés. D'ailleurs, les premières créations d'Eugène Ionesco sont très mal reçues : spectateurs et journalistes crient au scandale. Aussi l'auteur de *La Cantatrice chauve* se soulève-t-il et s'efforce-t-il de rallier les uns et les autres à sa conception du théâtre et de la critique. Mais c'est seulement entre 1959 et 1960, avec *Tueur sans gages* et *Rhinocéros*, qu'il rencontre véritablement le succès.

Son théâtre ne s'est donc pas imposé sans mal. Ionesco l'a souvent défendu à coup d'articles et de déclarations. Aux critiques, il reproche la jalousie, la hargne, la paresse et des manières de copinage. Surtout, il jette le discrédit sur des professionnels qui jamais ne parviennent au consensus et sans cesse se contredisent : « J'appris ainsi que j'avais du talent : un peu beaucoup, passionnément, pas du tout ; que j'avais de l'humour ; que j'en étais absolument dépourvu [...] », s'amuse-t-il dans ses *Notes et Contre-notes* (p. 131). En 1956, il décide d'inverser les rôles et consacre une pièce – *L'Impromptu de l'Alma* – au procès de ses juges : ainsi, sous les traits de Bartholomeus I, II et III, les critiques

Roland Barthes, Bernard Dort et Jean-Jacques Gautier (1908-1986) sont joyeusement brocardés. Deux ans plus tard, « la controverse londonienne » l'oppose, par voie de presse interposée, au critique dramatique Kenneth Tynan (1927-1980), de l'hebdomadaire britannique *The Observer*. À travers une série d'articles, plus tard reproduits dans les *Notes et Contre-notes*, Ionesco développe sa conception d'un théâtre qui exclut tout message didactique, et « ne peut qu'offrir [...] un témoignage personnel, affectif, de son angoisse et de l'angoisse des autres, ou, ce qui est rare, de son bonheur ; ou bien, il y exprime ses sentiments, tragiques ou comiques, sur la vie ». Et de préciser encore : « Une œuvre d'art n'a rien à voir avec les doctrines. » (*Notes et Contre-notes, op. cit.*, p. 139) Dès lors, pour lui, la critique doit faire table rase des critères apportés par la dramaturgie conventionnelle ou fondés sur des motivations idéologiques pour ne s'intéresser à l'œuvre qu'en elle-même. En 1960, lorsque *Rhinocéros* est porté à la scène pour la première fois, Ionesco a peut-être été entendu : l'accueil critique et populaire est favorable.

LE SUCCÈS DE *RHINOCÉROS*

En 1960, l'Odéon-Théâtre de France fait salle comble. Il faut dire que l'affiche est engageante : à la mise en scène et dans le rôle de Bérenger, Jean-Louis Barrault, directeur du théâtre, où il vient de donner Marivaux (1688-1763), Claudel (1868-1955), Prévert (1900-1977) ou encore Anouilh (1910-1987) ; dans le rôle de Jean, William Sabatier (né en 1923) ; Jean Parédès (le Logicien), Simone Valère (Daisy), Gabriel Cattand (Dudard) et Régis Outin (Botard) viennent compléter la distribution.

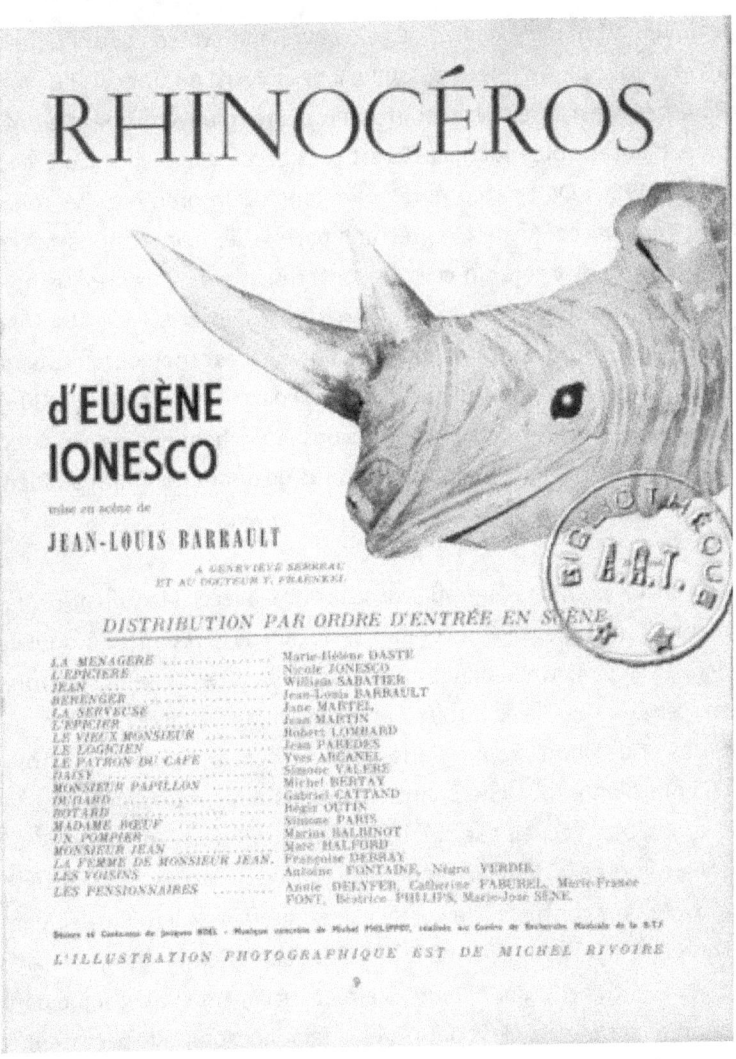

Affiche pour la mise en scène de *Rhinocéros* par Jean-Louis Barrault.

La pièce remporte un franc succès. De fait, si certains critiques – que l'écrivaine Elsa Triolet (1896-1970), en référence à la pièce, n'hésite pas à qualifier de « fins connaisseurs-rhinocéros » (*Les Lettres françaises*, février 1960) – éprouvent encore la pièce à l'aune de critères éculés, beaucoup ont fait l'effort de l'apprécier sous une nouvelle optique.

Jean Vigneron, par exemple, juge l'œuvre enfin moins hermétique : « Cette fois, plus d'erreur possible, Ionesco écrit en français ! Et son *Rhinocéros* est une œuvre tout à fait claire, d'un symbolisme limpide, d'autant plus fort qu'elle est plus accessible [...]. » (*La Croix*, février 1960) De leur côté, les partisans de la première heure se félicitent de ce succès, regrettant parfois les concessions faites par le dramaturge à un certain conformisme et au symbolisme : « "Je ne capitule pas" , crie le héros de *Rhinocéros* face aux tentations du conformisme ; pour son auteur, c'est malheureusement chose faite... », déplore ainsi Bertrand Poirot-Delpech (1929-2006) (*Le Monde*, janvier 1960). Enfin, d'aucuns reprochent encore à Ionesco son manque d'engagement et son refus de donner un nom au Bien, quand bien même il semble condamner le Mal.

Ce Mal, les premiers metteurs en scène de la pièce l'identifient clairement au nazisme. Le 6 novembre 1959, lors de la première mondiale donnée en langue allemande au Schauspielhaus de Düsseldorf, la mise en scène de Karl-Heinz Stroux – et le programme, chargé de commentaires et de photographies – fait directement référence à l'histoire récente d'un public cherchant encore à soulager un sentiment de culpabilité. L'accueil est particulièrement vibrant. En janvier 1960 encore, lors de la première française, le cuir vert-de-gris des rhinocéros renvoie sans conteste à la couleur des uniformes allemands et Jean-Louis Barrault rythme même le défilé des pachydermes par des chants de la Wehrmacht. Par ailleurs, s'il met l'accent sur le comique dans la première partie, c'est pour mieux faire accepter au spectateur le caractère grave et tragique de l'ensemble. La même année, la pièce est montée au Royal Court Theater de Londres, dans une mise en scène d'Orson Welles (1915-1985). Le rôle de Bérenger est confié à un acteur et cinéaste non moins mythique, Laurence Olivier (1907-1989). Dès lors, la pièce fait le tour du monde avec des représentations au Danemark, en Finlande, en Israël, en Roumanie, en Tchécoslovaquie, en Suisse ou encore, entre autres, aux États-Unis. Dès 1965, la mise en scène de Barrault est diffusée sur les petits écrans et, la même année, l'affichiste et réalisateur polonais Jan Lenica (1928-2001), pionner d'un cinéma de l'absurde, l'adapte librement dans un court-métrage (*Die Nashörner*) en papiers découpés. En 1974, *Rhinocéros* est adapté au cinéma par Tom O'Horgan (1924-2009). C'est Gene Wilder (né en 1933) – l'interprète du fantasque Willy Wonka dans le *Charlie et la Chocolaterie* de Mel Stuart (1971) – qui y endosse le rôle de Bérenger. Depuis, la pièce s'est imposée comme un classique et son thème reste toujours d'actualité. Elle fait d'ailleurs régulièrement l'objet de nouvelles interprétations par les metteurs en scène, en France ou ailleurs dans le monde (récemment, Dominique Lamour, Emmanuel Demarcy-Mota, etc.).

Votre avis nous intéresse !

Laissez un commentaire sur le site de votre libraire en ligne et partagez vos coups de cœur sur les réseaux sociaux !

BIBLIOGRAPHIE

SOURCES BIBLIOGRAPHIQUES

- ABASTADO (Claude), *Ionesco*, Paris, Bordas, 1971.
- ARENDT (Hannah), *Les Origines du totalitarisme. Tome 3. Le système totalitaire*, Paris, Seuil, 1972.
- GIRET (Noëlle) (dir.), *Ionesco*, Paris, Gallimard et BNF, 2009.
- IONESCO (Eugène), *Notes et Contre-notes*, Paris, Gallimard, 1966.
- IONESCO (Eugène), *Rhinocéros*, Paris, Gallimard, 1972.
- JACQUART (Emmanuel), *Le Théâtre de dérision. Beckett, Ionesco, Adamov*, Paris, Gallimard, 1998.
- LIOURE (Michel), *Lire le théâtre moderne. De Claudel à Ionesco*, Paris, Dunod, 1998.
- RÉMOND (René), *Introduction à l'histoire de notre temps. Tome 3. Le XXe siècle, de 1914 à nos jours*, Paris, Seuil, 2002.
- VERNOIS (Paul), *La Dynamique théâtrale d'Eugène Ionesco*, Paris, Éditions Klincksieck, 1991.

SOURCES COMPLÉMENTAIRES

- BALAITA (Raluca), *Le Discours théâtral d'Eugène Ionesco. L'énonciation entravée*, Dijon, Éditions universitaires de Dijon, 2010.
- BONNEFOY (Claude), *Entretiens avec Eugène Ionesco*, Paris, Belfond, 1966.
- ESSLIN (Martin), *Le Théâtre de l'absurde*, Paris, Buchet-Chastel, 1963.
- GUÉRIN (Jeanyves) (dir.), *Dictionnaire Eugène Ionesco*, Paris, Honoré Champion, 2012.
- IONESCO (Eugène), *Journal en miettes*, Paris, Mercure de France, 1973.
- IONESCO (Eugène), *La Quête intermittente*, Paris, Gallimard, 1987.

- IONESCO (Eugène), *Passé présent, présent passé*, Paris, Mercure de France, 1968
- IONESCO (Marie-France), *Portrait de l'écrivain dans le siècle : Eugène Ionesco, 1909-1994*, Paris, Gallimard, 2004.
- JACQUART (Emmanuel) (éd.), *Ionesco. Théâtre complet*, Paris, Gallimard, coll. « Bibliothèque de la Pléiade », 1991.
- LAUBREAUX (Raymond), *Les Critiques de notre temps et Ionesco*, Paris, Garnier, 1973.
- LAIGNEL-LAVASTINE (Alexandra), *Cioran, Éliade, Ionesco : l'oubli du fascisme. Trois intellectuels roumains dans la tourmente du siècle*, Paris, PUF, 2002.
- LECUYER (Maurice), « Le langage dans le théâtre de Ionesco », in *Rice University Studies*, volume 51, n° 3, 1965, p. 33-49.
- LE GALL (André), *Ionesco*, Paris, Flammarion, 2009.
- PLAZY (Gilles), *Eugène Ionesco : le rire et l'espérance. Une biographie*, Paris, Julliard, 1994.
- PRONKO (Léonard Cabell), *Théâtre d'avant-garde. Beckett, Ionesco et le théâtre expérimental en France*, Paris, Denoël, 1963.
- SCHAPIRA (Charlotte), « Déconstruction et reconstruction du langage dans le théâtre de Ionesco », in *Lettres romanes*, tome 49, Louvain, 1985, p. 207-217.
- SCHÖNE (Marjorie), *Le Théâtre d'Eugène Ionesco : figures géométriques et arithmétiques*, Paris, L'Harmattan, 2010.

SOURCES ICONOGRAPHIQUES

- Affiche pour la mise en scène de *Rhinocéros* par Jean-Louis Barrault. La photo reproduite est réputée libre de droits.
- Pierre tombale d'Eugène Ionesco à Paris. La photo reproduite est réputée libre de droits.

ADAPTATIONS

- *Die Nashörner*, film d'animation de Jan Lenica, 1965.
- *Rhinoceros*, film de Tom O'Horgan, avec Gene Wilder, Zero Mostel et Karen Black, États-Unis, 1974.

Découvrez
nos autres analyses sur
www.profil-litteraire.fr

L'éditeur veille à la fiabilité des informations publiées, lesquelles ne pourraient toutefois engager sa responsabilité.

© Profil-Litteraire.fr, 2015. Tous droits réservés.
Pas de reproduction sans autorisation préalable.
Profil-Litteraire.fr est une marque déposée.
www.profil-litteraire.fr

Éditeur responsable : Lemaitre Publishing
Avenue de la Couronne 382 | B-1050 Bruxelles
info@lemaitre-editions.com

ISBN ebook : 978-2-8062-6599-9
ISBN papier : 978-2-8062-7131-0
Dépôt légal : D/2015/12603/493
Couverture : © Lisiane Detaille

www.ingramcontent.com/pod-product-compliance
Lightning Source LLC
LaVergne TN
LVHW051925060526
838201LV00062B/4686